KB129675

한계령

한계령

박주병 시집

學古房

서 문

소설보다 짧고 수필보다 깊어서 나는 詩가 좋다
작중 화자가 詩人 자신일 필요도 없고
작중 인물이나 내용이 사실임을 요하지도 않고
남성인 시인이 작중에선 여성이 될 수도 있고
할머니인 시인이 작중에선 처녀가 될 수도 있고
詩人의 아버지가 노동자인데 판사라고 해도
관명사칭이 안 되는 것이 詩여서 나는
詩가 좋다 그러나
詩는 반드시 진실을 말해야 함으로 나는
詩가 어렵다 두렵다 詩란
생각을 가다듬어 참을 세우는 것이리라

朴籌丙

목 차

1

과객過客

2

매화부梅花賦

• • •

3

박각시 오는 저녁

4

송수원초옥松睡園草屋

* * *

5

지퍼가 고장 난 가방

6

한계령寒溪嶺

＊ ＊ ＊

• • •

1

/

과객過客

거기에는
지게 귀신은 없느냐

내가 고등고시 공부를 할 때 밭도 팔고 논도 팔고 소도 팔 때
너는 지게를 졌지 소를 얻어 부리려고 소품앗이도 했지 "형들은
중학 가고 대학 갔는데 너는 중학도 못 갔으면서 일은 왜 하노?"
"지게 귀신 붙으면 신세 망친다" "너는 너의 형들보다 키가 작다
지게 귀신이 붙어서 키도 안 큰다" 동네 사람들이 지껄여대는
음흉하기 짝이 없는 이 소리에 열여덟 살 너는 두 다리 뻗고 엉엉
울었지 우는 너를 보고 나는 울대가 콱 막혀 큭큭 하다가 말았다

기계화가 되어 있지 않았던 당시 우리집 노동력이래야 환갑이
내일모레인 부모님과 아직 잔뼈가 여물지도 않은 너뿐이었는데
아침에 일어나 보니 네가 안 보여 들에 나가 보니 보리밭에 호미를
내팽개쳤더구나 둑새풀이 그리도 지긋지긋하더냐 동네 사람들이
오입이라고 빈정거리기에 오입 같은 소리 한다고 고함으로 받아쳤

지만 내 말끝이 꽁보리밥 방귀같이 힘없이 새더라

그해 날씨는 왜 그리도 가물이 들던지 부모님이 밤 세워 웅덩이 파고 물 풀 때 아들 여섯을 죄다 농사일을 시킨 작은아버진 팔짱 끼고 논두렁을 어슬렁거렸고 "예천군수를 할래? 점수(종제)네 아부지를 할래?"라고 물으면 하나같이 점수네 아버지를 한다는 교활하기 그지없는 소리가 온 동네 사람들의 코웃음 거리가 되었고 점수네 아버지도 우리 아버지도 마음이 편치 않았을 거고 나는 죽을 맛이었단다

네가 가본들 어디로 가겠나 고작 삼척 묵호 등지로 바람을 쐬다가 강남 가는 제비 등을 타고 귀가한 네가 부모님 앞에선 씩 웃고 말았다는데 내 방에 들어와서는 왜 무릎을 꿇고 엎드렸느냐 그리도 형이 무서웠느냐 그때 그 장면을 떠올리면 나는 언제나 소리 없이 철철 운다

대학 졸업 후 겨우 2년 반을 버티다가 공부를 오래 할 처지가 못 된다고 판단하고 낙방거자(落榜擧子)로 일생을 살아오면서 아홉 식구의 입에 풀칠하는 데 정신이 팔려 곧으면 곧다고 꺾이고 굽으면 굽다고 꺾이던 약약한 그 세월, 사십 세가 될 때까지 공부하여 성공한 사람들이 수두룩한데 나는 겨우 서른한 살에 뜻을 접었으니 니무 경솔하게 평생을 그르치고 말았다 가소롭지 아니 하냐

거기에는 지게 귀신은 없느냐

/

16

설사 그것이 생을 걸 만한 가치가 못 된다 하더라도 한 번 뜻을
세웠으면 거기에 목숨을 걸어야 진정한 대장부라 하겠거늘 부끄럽
도다 나는 너를 볼 면목이 없었는데 너는 어찌하여 한평생 한결같
이, 내가 한 번 얼씬하면 그 작은 키를 꼬부장하게 하고 머리를
조아리는 내관이 되었더란 말이냐 거기가

어디라고 너는 내 앞에 먼저 갔노? 거기에는
지게 귀신은 없느냐?

거기에는 지게 귀신은 없느냐
/

고서古書

때로는 지우를 받아
장서인이 찍히고
때로는 하시되어
쥐 오줌에 절기도 하면서
너덜너덜
떨어져간다
끝없이 유전(流轉)하다가
책으로서의 생명을 잃어버리게 되는 날
한낱 종이 조각이 되어
낙엽처럼 뒹굴다가
어디론가 종적을 감춘다
유언은 없다

고성일몽古城一夢

초겨울 햇볕이 창가에 가득하다

궁궐이 불타고 적군이 쫓아오고
삼천궁녀가 치마를 뒤집어쓰고
낙화암에서 떨어진다
고란사 벽화를 찍은 옛날 사진을 보다가
졸음이 온다

　　부소산 꼭대기쯤이다
　　으스스한 초겨울 두꺼비처럼 엎디어 있는
　　절절 끓는 황토방에 홀라당 벗고
　　알몸으로 드러누웠나니
　　大 자로다 아니 太 자일다
　　난데없이 욕실에서 수건으로 겨우 거기만 가린
　　두 여인이 나오더니 허리를 꼰다

"다리 주물러 드릴까?" 미치겠네
"오늘 국장님 왕이다 왕!"
"맞다 맞아 짐은 의자왕이로다
언니는 중전이 되고 동생은 궁녀가 되지?"
"궁녀 아냐 빈이야요" 눈을 흘긴다
"그래 빈이다 빈!" 중전도 빈도
그 손이 왜 내 사타구니까지는 올라오지 않을까
돌도 십년을 보고 있으면 구멍이 뚫린단다
계산해 보니 구멍이 두 번 뚫리고도 세월이 남는다
계산이 맞다
한 번 더 뚫리고 안 뚫리고는 돌 제 마음대로지

처마끝에 달린 풍경이 운다 아랫도리가 뻐근하다

고성일몽古城一夢
/
20

과객過客

거름 지고 장에 가서
한나절을 보내고
흔들거리며
빈둥거리며
기웃거리다가,
해름에
바랑을 뒤적거리며
쓸쓸히 웃노라

국화菊花—그대에게

창문을 열어 봅니다
국화가 눈에 덮여 온통 하얗군요
국화는 병들어도
꽃잎 하나 떨어뜨리지 않고
그냥 선 채로 말라 죽네요
사람이 때로는
국화가 되는 모양입니다

그리움

창문을 열면
머언 산봉우리가
우르르
내 방으로 들이닥치고
눈 감으면
가슴 그득
그대뿐이네

사랑하지 않는가
아니 가까워져
미워하지 않는가
아니 멀어져
산, 봉우리와 봉우리
그칠 줄 알면서
그쳐 있는 그침이여
거룩한 그침이여

금랍매金蠟梅一물싸리

이름값 하느라
다섯 개 꽃이파리가 매화꽃과 쌍둥이 같지만
이름값 하느라
색깔은 금랍마냥 노랗다

백매 홍매 황매들과 항렬자가 같지만
매화 같은 청향도 없고
매화 같은 성문(聲聞)도 없다

아뜩한 벼랑 바위틈에 한 모금 물을 핥다가
사람 손에 납치당해 식물원에 왔는데
이름에 물자가 붙었다고 물만 준다

사람에 길들여 매화처럼은 되기 싫고

산야에 자생하던 그 시절이 애틋하다
하늘 아래 약육강식이야 어딘들 없으랴만
겪어 보니 인륜 도덕을 지껄이는 여기
인경(人境)이 정작 호지(胡地)인 걸

고국 산야로 돌아갈 기약은 바이없고
봄볕이야 비닐하우스가 좋다할지 모르지만
春來不似春(춘래불사춘)
왕소군의 시를 읊다가 어디로 팔려 갈지,
눈을 감는다

금랍매 金蠟梅―물싸리
/
25

기계를 보면 인간을
생각하지만

기계를 보면 인간을 생각한다

인간을 보고서는 기계를 생각하지 않는다

까치밥

앙상한 가지 끝에 대롱거리는 감 하나
혼자 남은 것은 원해서가 아닌데
악소배(惡少輩)들한테 아,
흐벅진 속살을 내어 맡긴다

까치의 밥이 되어 까치 똥이 되더라도
씨 하나 떨어져 대를 이어가게 되더라도
혹시라도 누구 때문이라곤 말하지 마라
운명이라곤 더욱 말하지 마라
세월에 실려 흘러가다 보면
소멸이든 반전이든 저절로 그러하다는 걸
편안히 받아들이게 된단다

꽃이 무슨 말을 하던가

꽃이 무슨 말을 하던가
새가 들레고 벌 나비 들꾀지만
꽃이 무슨 말을 하던가

나는

자리를 파하고 바깥에 나오니
추적추적 비가 내렸다
아, 비오네
저도 비가 좋아요
쓸쓸한 겨울 비!

올 때처럼 그녀의 자그마한
승용차 옆자리에 앉았다
차 안은 어둡고 적막한데
희미한 가로등 불빛이
유리창에 흐르는 빗물을
핥고 있었다 나는,

그녀는 미처
라이트를 켜지 못했다
열쇠를 꽂았지만
손은 떨고 있었다 나는,

나와 자연

내가 자연의 일부가 아니다
자연이 나의 일부다
장자는 일어나서
제물론을 고쳐 써라

나의 애마愛馬

내가 어디에 잘 가고 누구를 만나는지
누굴 사랑하고 누굴 원망하는지
얼마나 슬퍼하고 얼마나 아파했는지
죄다 나의 애마는 알고 있다
내가 몸이 쇠하여
늙은 나래를 접고 죽치고 있는 꼴을 보자면
이놈 또한 마음이 편치는 않을 테지

이슬에 젖는 그의 창밖에서
세레나데를 부르며
나는 가슴이 미어지리라

낙화암에 떨어져 봐라

삼천궁녀
천하의 우물(尤物)이 누구였더냐

낙화암도 대답 없고
백마강도 대답 없고
유람선도 대답없고
부소산도 대답 없고
구름도 대답 없고

일행은 좋은 구경한다고 떠들썩하지만
나는 말이 싫다 내 곁을 따르는
스무 살 여비서는 날 보고
어디 아프냐고 조심스레 묻는다

능청 피지 마라
초선(貂蟬)이며 왕소군(王昭君)의
뺨을 치고도 남을 이 여자야
너 또한 어디 아픈 게로구나
아니라면
낙화암에 떨어져 봐라
꽃이 되면 믿을게

노리쇠

6 · 25 때
경주의 안강전투와
포항의 포항여중전투와
영덕의 장사해변전투에서
처절하게 산화해간 학도병들!
"소대장님, 노리쇠가 후퇴하지 않니더."
이 때 생겨난 말이다

노리쇠를 후퇴시킬 줄 모르면
총을 쏠 수가 없다
너무 황급해서 훈련도
제대로 받지 못한
열일곱 살
열여덟 살

꽃봉오리들,
포연탄우(砲煙彈雨) 속에서
그렇게 죽었다
그렇게 죽었다
그렇게 죽었다
백에 아흔아홉은 죽었다
이백에 백아흔아홉은 죽었다
삼백에 이백아흔아홉은 죽었다
죽었다

농대 여학생

도나캐나 들어가던 어느 농과대학
수재만 들어가던 어느 법과대학

법대 강의실에
갑자기 혜성이 나타났다 농대 여학생

미니스커트가 나오기 훨씬 전인데
무릎이 보일락 말락 하이얀 치마
빨알간 스웨터에 연두색 스카프
이화여대 메이퀸은 저리 비켜라
미스코리아도 울고 가라
전등불도 빛을 잃었다
법대 여학생은 사네로 보였다

법대 여학생은

농대 여학생이 옆에 앉으면
그쪽으로 고개도 한 번 안 돌렸다
일부러 떨어져 앉기도 했다

초연한 척 무시하는 척
남학생은 한 놈도
불알 찬 놈이 없었다
공부벌레들 그러나
하숙방에서
밤잠을 설치는 놈이야 있었을 거다

농대 여학생은
학기 처음부터 듣는 게 아니라
잊을 만하면 살그미 나타나곤 했다
처음부터 들어도 모래알 씹는 법률을
농대 여학생이
민법을 듣고
민사소송법을 들었다

농대 여학생도 할머니가 됐겠지
그녀의 아들딸이 궁금하다

농대 여학생
/
37

2

/

매화부梅花賦

달이
창가에 이르겠지요

오늘 밤 삼경에도
저 달이 그대의 창가에 이르겠지요

덧놓이는 그 사람

눈보라 휘몰아치는 팔공산 꼭대기에서
이리 봐도 저리 봐도 한물간 영감태기가
고함을 질러댄다
만─토─바─니──
만─토─바─니──
파바로티의 애첩 이름을
제 여잔 양 애타게 불러댄다
등산객들이 서로 보고 웃으며
손가락으로 귓가에 커다랗게
동그라미를 그린다

만─토─바─니──
만─토─바─니──
그 소리가 어눌하다

손가락 하나가 벌거니 얼었다
세 번 건너뛴 띠 동갑이 덧놓이는
여비서가 덧놓이는,
만토바니를 외치기 전에
만토바니에 덧놓이는 그 이름 석 자를
수십 번 수백 번
눈 위에 쓰고 쓰고 또 썼던 거다

도마뱀

붉은가 싶으면 노랗고
노란가 싶으면 파랗고
파란가 싶으면 하얗고
하루에도 열두 번 색깔을 변하는
도마뱀
그게 그녀의 전생인지 내생일지

독불군자 獨不君子

대숲이 너무 칙칙해서
딱 한 그루만 남겼더니
누가 대문을 두드린다
점 보러 왔다고
대나무도 혼자선
군자 노릇하기도 어려운 것이
오늘날의 세상이다

독후감

아—

피—

동참冬站

높이 쌓는 층계에는
층계참(層階站)을 만들고
오래 일하는 사람은
참(站)을 먹는다
나무는 겨울에 쉰다
그냥 쉬는가
나무의 동참

두루미

시름인지
외로움인지
슬픔인지
한쪽 다릴랑 가슴에 품고
외발로 서 있는
석양의 두루미를
너는 본 적이 있느냐

어둠침침한 늪
그게 바로 너다

딸 같은 어머니

식사 잘 챙기시고
감기 조심하시고,
그 옛날
어머니한테서 들어 보고
처음 듣는 소리
딸 같은 당신께
어버이날
카네이션꽃을 바치리다

때

호박꽃은
벌을 받아들이다가 목이 잘린다
박꽃은
박각시나방을 맞이해도 목이 잘리지 않는다

립스틱을 지웁니다

당신의 글을 대하면 부끄러워져요
더러는 너무 어려워서 그래요
어려운 건 표현이 아니고 철학이에요
표현이 어렵다면 작가를 탓할 일이지만
철학이 어려운 건 독자의 몫이거든요
어렵지만 끌려요
사랑은 좋아서 하는 것이지 다 알아서 하는 것이
아니라는 당신의 말처럼
당신의 책을 펴면
문득 말발굽 소리에 긴장하게 되고
유불선을 횡행하는 통찰력과 촌철살인의 은유에 놀라고
뜻을 찾노라면 벌인 듯 숨긴 곳에는 신운이 표묘하다 할까
우울하거나 슬플 때 당신의 책을 펴면
왜 더 우울해지고 왜 더 슬퍼지는지, 그것이
당신의 글이에요 당신,
립스틱을 지웁니다

매화부 梅花賦

무슨 근심에 매화는 이리도 여위었나 뒤틀린 밑동이며 몸통은
풍상을 말해 주고 성기고 거친 가지에는 인고의 세월이 흘렀다
툭 부러진 줄기에서 높이 벋은 새 가지는 달이라도 딸 참인가
가만가만 달빛을 밟으며 벌레 소리를 듣다가 벌레마저 문득 목이
잠기면 가을은 벌써 깊을 대로 깊어졌고 천지가 닫힌 듯 적막해진다
적막도 한때 참새가 떨고 있는 매화나무 가지에서 작은 소요가
천지의 침묵을 깬다 낙목한천에 누구와 언약했나 가지마다 도도록
이 볼가진 꽃망울을 만난다 정염이 불타올라 뾰루지가 났나 보다
고 섬섬한 어린 여자 같은 것이 추위와 줄다리기하다니 내가 누구
편이겠는가 은근히 줄을 당겨도 이리도 내게 무심한 것은 누구를
위함인가 몸은 낙탁한 백훼(百卉) 속에 머물러도 뜻은 높아 별이
되었나

뜻이야 홍매도 높지만 백매가 더 높고 천엽도 청초하지만 단엽에

미치랴 단엽인 흰 매화 그 꽃이 입춘 무렵이면 눈이 펄펄 날리는
한데인데도 핀다 첫 봉오리가 부리를 반쯤 벌리면 여자의 속살을
보게 된 듯 정신이 아뜩하고 활짝 벌리면 나는 그만 헉 하고 숨이
막힌다 눈을 감는다 길래 신음한다 누가 간밤에 내 집 문을 두들겼던
가 은하수에 떠있던 하얀 별 하나가 내 집 창가에 떨어졌구나

하얀 별, 이 천하의 우물尤物한테 한낱 범용한 늙은이가 마음을
두다니 길이 헛되이 탄식할 것을 공연히 매화 곁에서 왔다갔다한다
밤잠을 설친다 선잠을 깨고 보니 천지개벽이다 만개한 흰 매화에
흰 눈이 수북이 쌓였다 누가 고절(苦節)을 쉬이 입에 담는가 눈얼음
에 이아침을 당하고서야 매화는 도리어 보다 짙은 청향을 토한다네
청향이 한껏 표일해지는 한낮에 만발한 매화꽃 그늘 아래 들어가
본 사람은 안다 깊은 산속에서 울려오는 범종의 여음 같은 그
음향이 문득 사람을 외롭게 한다 은혜하는 사람을 태우고 먼 하늘가
로 떠나가는 비행기 소리가 이처럼 가슴 아플까 꽃마다 벌 벌
벌 벌 무수히 들꾄다 들렌다 벌들의 훤화(喧譁)에 탈려 꽃가지가
울리는가 우는가

벌한테서 들었는지 도를 통했는지 매화꽃에서 "하늘(천지)의 마음
을 본다"고 한 사람들이 있었다 정도전(鄭道傳) 이숭인(李崇仁)
강회백(姜淮伯) 서거정(徐居正) 장현광(張顯光) 이인행(李仁行)

등이다 우습게도 이 말은 "돌이킴에서 아마도 하늘땅의 마음을 볼진저!"(復其見天地之心乎)라는 『주역』의 말을 업어다 놓은 것에 지나지 않는다 돌이키다니 그 까닭이 뭔가 헤겔의 말마따나 만물은 그 자체 내에 부정(否定)을 함유하고 있기 때문인가 왜 부정을 함유하는가 '저절로 그렇다'고 할 수밖에 나는 그런 것에 대해 아는 것이 별로 없다 "돌이킴에서 아마도 하늘땅의 마음을 볼진저!"라는 말에서 돌이키는 것은, 우선은 동지의 해를 두고 한 말이다 동지를 천근(天根, 하늘 뿌리) 동지의 해를 일양(一陽)이라 일컫는 것은 그럴듯하거니와 일양은 일양이라는 그 이름만큼 고독하다 두드러지지도 않다 소옹(邵雍)은 「동지음(冬至吟)」이란 시에서 이 일양을 무술[玄酒]에 견주기도 하고 노자의 이른바 대음(大音, 大音希聲)에 비유하기도 했다 무술이라니 그 맑은 찬물에 어찌 취해 장차 천하 만물이 고동친단 말인가 대음이라니 들어도 듣지 못하는 그 소리에 어찌 놀라 장차 만호천문(萬戶千門)이 차례차례 열린단 말인가 끝없이 되풀이하여 고동치고 끝없이 되풀이하여 열린다 나고 또 난다 이것을 '하늘땅의 마음'이라 한 것 같다 하늘땅의 마음을 매화꽃에서 본다고 큰소리친 사람들은 일양의 기운을 맨 먼저 받아 피는 꽃이 매화라고 생각했겠지 맨 먼저 피는 꽃일 따름인가 냉염(冷艶)과 관능(官能)이 한 가지에 핀 꽃 지유(至柔)와 지강(至剛) 지미(至微)와 지창(至彰)을 한 송이가 머금었다 화용(花容)은 가인(佳人)을 울리고 화품(花品)은 한사(寒

土)를 부끄럽게 한다 조화옹(造化翁)께서 시기하실라

시기할 자 조화옹뿐이겠나 자칫 땔나무꾼한테서라도 해코지당할
까 싶어 태탕(駘蕩)한 춘풍에 앞서 눈 날리는 내 집 담 밑으로
비켜섰거들랑 혹시나 시들마른 이 가슴에 이름 모를 아픔 같은
거라도 남길까 봐 황황히 떠난다고는 하지 마라 가지에 가득한
저 꽃이 하르르 내려앉으면 아 어이할거나

지레 두근거리는 가슴 들킨 듯 무안터니 무어라 가지마다 낙화이더
냐 뒷날의 기약일랑 묻지를 마라 돌이키는 것이 하늘땅의 마음이라
지만 명년 이때 피는 꽃이 오늘의 낙화에 대해 무슨 의미가 있는가
초록 바탕 위에 흰색 무늬를 수놓은 듯 흰 매화를 받들어 이녘은
한갓 푸른 배경(背景)이요 객경(客景)이요 파수꾼이라던 대나무도
오늘따라 빛을 잃었다 아슴푸레한 달빛 아래 그윽하던 그 암향이
갸웃이 웃던 모호한 그 미소가 이리도 쉬이 이별이라니 더없이
고고한 한 사나이의 뜨거운 눈물처럼 꽃잎이 떨어져 내린다 낙화는
잔에 지고 여향(餘香)은 내 가슴에 진다 꽃 아래 나 홀로 잔을
비우다가 바람에 뜨는 꽃잎에 시름만 더하였네 취한 눈 길게 뜨니
남산이 제물에 무너져 내린다

매화부梅花賦

/

55

몽마르트르 언덕

초등하교 운동장만한
산이라기엔 너무 낮고
언덕이라기엔 너무 높은
집들이 너무 많은
몽마르트르 언덕배기

알록달록한 비치파라솔
조는 듯 꿈꾸는 듯
화판에 기대 있는
초상화를 그리는
멀리 세느강을 바라보는
화가들

중국에서 유학 온 여학생

내 초상화를 그리는
40분 동간 천 번도 더
내 눈을 본다
코를 보면서도
귀를 보면서도
입을 보면서도
오며 가며
안 보는 척 무심한 척,
내 눈을 본다
그녀는
내 마음도 그려 보았을까
내 마음은 시종 그녀의,
누드를 그리고 있었는데

무언처無言處

글로써 말을 다하는 글이 없고 말로써 뜻을 다하는 말이 없다
뜻이란 작가의 사상 곧 철학이다
뜻은 형상의 앞에 있다 특정한 꽃이 피기 전에 아름다움이라는
뜻이 먼저 있다 꽃만 말하고 아름다움은 말하지 말라 꽃이 피면
아름다움은 저절로 부쳐진다 나무를 심기 전에 새가 먼저 있다
나무만 말하고 새는 들먹이지 말라 나무를 심어 놓으면 새는 저절로
찾아든다
글의 진경은 말하지 않는 곳, 무언처에 있다 무언처로 하여금
말을 하게 할 줄 모르는 사람과는 무언처가 하는 말을 들을 줄
모르는 사람과는 더불어 글을 논하지 말라

3

/

박각시 오는 저녁

바람소리 물소리

설곡(雪谷)을 밟는다
소녀 셋이 앞에 간다
쏴아 바람이 몰아친다
소나무에서
눈가루가 내려앉는다

"아아, 바람소리다"
"아니, 물소리야"
쏴아 또 한 차례 눈가루가 몰아친다
"봐라, 바람소리지"
"아냐, 바람소리 아냐"
"그럼, 무슨 소리?"
'너희들 소리다'

바위

오금도 못 펴고 한곳에 붙박인 채
천 조각 만 조각 억만 조각
깨어지고 부서지고 차이고 밟히고
돌이 되고 흙이 되고 먼지가 될 뿐
멧돼지가 등때기에 오줌을 갈기더라도
돌쟁이가 정을 쳐서 조각조각 떼어가도
백학이 사려 앉길 발랄 수는 없어도
송운(松韻)을 들으며 잠을 자는
이끼라도 뒤집어쓰고 천 년을 묵연한,
바위

"바우야!"
주모의 눈치코치 보느라
술꾼들의 혀꼬부랑 생트집에 겉늙어 버려도

새벽마다 늙은 논다니의 요강을 비우더라도
나 죽어 또다시
바위가 되리
나는 나만으로도 너무 무거워
나 없는 바위
바위가 되리라

박각시 오는 저녁

별이 총총한 밤
마당에는 모깃불이 메케하고
한쪽에선 머슴이 멍석을 겯고

멍석에서
아이는 드러누워 별을 보고
늙수그레한 여인과 과년 찬 딸은
다리미질을 하고
봉두난발 영감태기의 곰방대 담배통에는
깜박이는 불빛이 숨이 차고

콩밭도 다 매고 두벌논도 다 매고
농사 잘돼야 가을에 딸 시집보낼 텐데
늙다리 암소는 주저앉아 이쪽을 보고
푸우, 한숨을 내쉬고

반딧불이는 길을 잃고 헤매고
박각시는 길을 잡아 박꽃에 든다

박꽃

헛간채 지붕 담장 밭둑 같은 곳에만 산다
소란스런 날이 저문 뒤
가만가만 황혼을 밟고
호젓이 적막을 머금고
해쓱하게 웃는다
하얀 얼굴,
하늘을 우러러 부끄러울 것이 없다
그런 것이 도리어 부끄러워
향기를 숨긴다
장차
흥부네 아이들 머리통만 해져서
백 가지 열매를 압도하게 되어도
도도하지 않다

발이 된 돌팔매

기념품 가게에 가 볼까
수건 한 장도 주뼛주뼛하면서
마지못해 받던 어린 여자

이 바닷가에서 내가
하루 종일 누구 생각을 했는지 안다면
더 머뭇거릴 텐데,

그 사람은 홀연히 종적을 감췄고
세월은 참 많이도 흘렀다
그 옛날,
멀리 여기까지 왔건만
바다를 앞에 두고도
끝내,

발이 된 돌팔매
/

구린 입도 안 떼던 그 사람
나는 머쓱해져서
무심한 돌멩이만
바다에 대고
하염없이 던졌었지

그날 이후 나는,
이 바다만 떠올리면
마음속으로
바다에 대고
돌팔매질을 하는 것이 아주
발이,
발이
되어 버렸다
선물할 데는 없지만
수건이나 한 장 살거나

발이 된 돌팔매
/

백의민족白衣民族

흰 모란은 붉은 모란의
흰 찔레꽃은 붉은 찔레꽃의
흰 해당화는 붉은 해당화의
변종이란다 천만에,
붉게 타는 마음이
타다가, 타다가
하얗게 되었다
열여덟 살에 과부가 된
우리 고모의
소복(素服)이 그랬다

타고르는
조금 인색하다
코리아는 동방의

등불의 하나란다 천만에,
하나가 아니라
오직 하나
해다,
불타오르는 해
타다가, 타다가
하얗게 되었다
오천 년
백의민족의
흰 옷이 그렇다

별

은하계에서 지구를 보면
공만 할까
티끌만 할까
보이지도 않을까
그 위에서
수십억 인간들이
내가 옳고 네가 틀렸다고
사대질 한다
백년을 살겠다고 용을 쓴다
돈 명예 재벌 장관 대통령 …
인공위성 미사일 핵…
이런 것들을 그림을 그린다면
이 작은 입자에서
어떻게 그려 넣을꼬

어릴 때
여름 밤 멍석에 누워
나는 별을 보았지
그때 보았던 그 별이
아직 그 자리에 있을 것 같지만
빛의 속도를 생각해 보면
그 별은 이미 천 년 전에
그 자리를 떠났다 하네

복사꽃

26년 전 너는

노랑 털 송송한 가칠복상이었지

등을 뒤덮은 산발한 적발

담탕(淡蕩)히 흐르는 이국정취 붉은 여우였지

머리털을 간신히 헤집고 드러난

갸름한 얼굴에 어리는 복사꽃 빛

팔자가 사나울 것 같아 사람을 우울하게 했지

눈물이 글썽글썽 쌍꺼풀진 커다란 눈

알 수 없는 슬픔이

침묵이 사람을 미치게 했지

늘 찡그리는 양미간

깊은 우수의 그리메는 누굴까 질투 나게 했지

학인 양 가느다란 긴 목에서부터

처진 듯 조붓한 어깨를 타고 흘러내리는 몽롱한 곡선

조금 미숙한 듯한 그 곡선은
아래로 내려가면 전혀 예상을 깨고
손가락으로 살짝 건드리기만 해도
물이 질퍽해질 듯 잘 익은 수밀도가
되어 있을 것만 같았지
과연 수밀도였지
한 번 더 수밀도였지
한 쪽은 순정이었고
한 쪽은 거래였지

너는 빨간가가 싶으면 파랗고
파란가 싶으면 노랗고
노란가 싶으면 하얗고
너는 아닌 보살하다가
만난 지 팔년 만에 종적을 감추더니
감춘 지 열두 해만에 바람처럼 나타났지
전화를 받는 순간
아 하느님 감사합니다라고 했지
빌긴 팔공산 돌부처한테 빌어 놓고

다시 만났건만 너는

빨간가가 싶으면 파랗고
파란가 싶으면 노랗고
노란가 싶으면 하얗고
너는 또 아닌 보살 했다

순정은 식지 않고 26년
거래는 끝나고 26년
네가 어느 쪽인지는
네 스스로 알리라

늘 한숨이 나오더니
늘 속이 더부룩해졌다
내 병을 네가 알건데
내가 어이 모르랴만 내과에서는
내시경으로 봐도 병을 모르고
한의사는 병명도 고약하지 글쎄
조잡(嘈雜)이란다 의사 말은 너무 유식해서
내대로 해석하자면
조는 시끄럽다는 뜻이요 잡은 섞인다는 뜻이니
내 속이
시끄러운 잡동사니란 거지

복사꽃
/

팔공산 돌부처 앞에 낫기를 빌었더니

간밤 꿈속에서 네가 아,

사람 죽인다 카이 복사꽃을 껴안고 배시시 웃더구나

비수匕首

아무리 생각해 봐도
애인은 아닌 것 같아요
친구라면 몰라도
싫으면 말고

그녀는
문자로
음분(淫奔)한 멧돼지의
멱을 땄다

빠리의 가이드

드골 공항에
은빛 나래를 접었을 때
소낙비가 쏟아지고 있었지만
빠리의 한국인 가이드는
우산이 되고도 남았다
큼직한 관광버스를 대기시켜 놓고
우리를 기다리는 그,
어딘가 우수에 젖은 듯
그렇지만
다정한 얼굴

잠긴 듯한 목소리로
세느강처럼
유유히 흘러나오는
유머러스한 안내는

열세 시간의 비행 피로를
풀어주고도 남았다

어쩜 학자 같고
어쩜 시인 같고
어쩜 슬픈
과거를 가진 사람,

기창 밖으로 전개되는
망망한 운해 속으로
나는 떠나가지만
눈 감으면
그의 얼굴이
자꾸자꾸
떠올랐다

빠리의 가이드
/

뿔 달린 술잔

뿔 달린 술잔을 쓰고서도 절주가 되지 않자 공자는 탄식했다
뿔 달린 술잔이 뿔 달린 술잔이 못되면 뿔 달린 술잔인가 뿔 달린
술잔인가(觚不觚觚哉觚哉)
3천 년 된 뿔 달린 술잔도 감정가는 0원이다

4 / 송수원초옥松睡園草屋

사랑한다는 말

나환자촌에 가면 병든 남편을 따라 일생을 바치는 아내는 많지만
그 반대는 병든 아내를 따라 일생을 바치는 남편은 하나도 없단다
그 아내들은 하나같이 지식수준이 높다고 한다 먹고 살 길이 없어
도리 없이 병든 남편을 따라온 게 아니다
우리들 가운데 누구의 문학이 예술이 철학이 그리고 종교가 문둥이
남편 곁에서 젊은 청춘을 짓뭉개버리는 이런 여인의 삶을 남김없이
이야기할 수 있단 말인가
우린 사랑한다는 말을 너무 쉽게 한다

사이비 주역 번역서

십삼경의 꼭짓점은 주역이다
주역 번역서가 볼 만한 것만 쳐도 삼천 종이 넘는단다
가장 어려운 경서를 가장 쉽게 쓰는 책이 주역이다
亥자와 豕자도 魚자와 魯자도 분별 못하는 주제에
번역서 몇 권을 본 뒤 이 책 저 책 엉구어서
누구 번역 누구 지음이라 한다
사이비다
내가 사이비 주역번역서를 만들기로 마음먹는다면
한 달에 하나쯤은 누워서 떡먹기

스무 살에 주역 공부를 하도 하다가 얻은 병이
종신병이 된 퇴계지만 주자의 역학계몽에 겨우
자신의 견해를 몇 마디 부쳤을 뿐이고
율곡은 스물세 살 대과 과거시험에서

천도책을 양언하고 역수책을 지었지만
성학집요에서 몇 마디 편언을 달았을 뿐이다
퇴계가 주역을 우리만큼 몰라서
율곡이 목숨이 짧아서
주역을 번역하지 않았을까
선철의 경지를 넘어서지 못했기에
사이비 주역 번역서를 만들어
후학을 어지럽히고 싶지 않았다

정치도 사이비
경제도 사이비
사회도 사이비
문화도 사이비
문학상도 사이
심사평도 사이비
심사는 더더욱 사이비,
사이비가 판을 치고 현자는 이소(離騷)를 짓는다

삼화三火

촛불

맞불

천불

송별送別

파리만 날리는 곳으로
밀려났다 들었네
서리병아리 다섯이라
사표를 못 낸다 들었네

그냥 곧장 떠나지 않고
뭐 하러 내게 들렀는가

이왕 왔으니
이 나무 아래에서
술이나 한잔하세

세상이 몰라준다 했는가
그런 말 말게
가까이 있는 이 작은 나무가
멀리 있는 저 큰 나무를 가리지 않는가

송수원초옥松睡園草屋

평생소원이 정원 딸린 집에 사는 것이었는데
월급쟁이 삼십년을 절반은 곁방살이
절반의 절반은 건평 열다섯 평 한옥
그 집을 계약하고 며칠을 못 참아
밤마다 도둑고양이가 되어 찾아와
담 너머로 불빛을 훔쳐봤었지

고향에서 농협창고를 짓는다고 해서
부득불 쥐꼬리만 한 위토를 떼서 주고 생긴 돈을
집 사는 데 보태라고 아부지가 준 거에다
7년 간 적금 부은 걸 합친 것이
열다섯 평 한옥이 된 거다

사 모녀 단간 셋방살이를 면하고 아들을 낳고 나니

손자 보신다며 부모님이 내게로 오셨다
부모님 뜻에 따라 하나 더 낳았더니 낳고 보니 딸이라
아홉 식구에 고향에서 손님이 하나라도 오면 열이다
그래도 방 하나는 세를 놓으니
나도 이럴 때가 있는가 싶었다

공무원 했다 하면 도둑놈으로 보다가도
한직의 청빈을 업신여기는 세상인심
달구 벼슬(닭 볏) 같은 벼슬, 구실아치 같은 자리
가정 통신문인가 뭔가 하는 데서 학부모 직업을 묻기에
공무원이라 적었더니 이튿날 다시 구체적으로 적어 오란다
특수직이라서 못 밝힌다 하여라 하였었지
아이는 애비 벼슬이 대단한 줄 알았겠고
아하, 선생은 내가 정보부 같은 데 다니는 줄 알았겠지

털면 먼지 안 나는 놈 없다지만 글쎄
내가 도둑질을 했던가 훔칠래야 훔칠 것도 없었는데
이십 년을 먼지도 그러모아
예순넷 평 집터를 샀더니
하룻밤 자고 나면 땅값이 올라
아침에 세수를 하면 얼굴이 부듯하였다 청천벽력,

송수원초옥松睡園草屋
/
89

도시계획으로 집터가 헐값에 수용당하고
가슴에 울화가 치밀어 한동안 밥이 넘어가지 않았다

사무관 서기관 때도 도시락 들고 다니고
부모님 용돈에 인색하고
아내 옷 한 벌 안 사 주고
큰딸 수능시험 보는 날 아침에도 버스를 갈아타고
적금 들고 또 들고 또 들고
식칼로 도려낸 내 넓적다리 살 같은
쇠고기 덩어리를 신문지에 싸 가지고
아침 일찍 동장한테 청을 넣어 마을금고에 돈을 꾸고
한옥을 팔아 합쳐서 2층 양옥을 샀다 그때 아부지 하시던 말씀,
"공무원이 집이 너무 호화롭다." 어매 하시던 말씀,
"돌집일쎄! 중앙청이다." 노인당에 나가면 아들이 뭐하냐고 물을 때
서슴없이 '판사'라고 거짓말을 하셨던 우리 어매가
아들이 고등고시 공부할 때 산에 나무를 하셨지
한옥에서 키 큰 아부지 다리도 제대로 펼 수가 없다가
내가 오십이 되어서 효도 한 번 하는구나 싶어 몰래 나는 울었었지
2층은 세를 놓았으니 절반은 남의 집
통째로 내 집이 되기엔 십 년이 더 걸려 환갑쯤 해서다

마당에서 딸아이들이 겨우 배드민턴을 칠 수가 있었는데
어쩌자고 딸아이 대신에 나무가 **빽빽**하다
그 중에도 매화가 네 그루 소나무가 네 그루
자식 같다
당호를 전기(田琦)의 그림처럼 매화초옥(梅花草屋)이라 하다가
자존심이 상해 나대로 송수원초옥(松睡園草屋0이라 한다

이 집으로 이사 온 지 삼십 년
새끼들은 다 나가고 늙은이만 둘이 남았는데
나는 어디, 너는 어디
어제는 어디, 오늘은 어디
사람은 사람대로 집은 집대로
한군데도 **빤한** 날이, 성한 곳이 없다
아, 살날이 많지 않다, 내가 가고 나면
이 고가古家는 어찌 될꼬
매화는 어찌 되고 솔을 또 어찌 될꼬
고인은 "무고송이반환(撫孤松而盤桓)"이라 했지만
나는 나무를 그러안고 부질없이 운다

내 이미 인생사 속절없음을 알았는데
남은 세월에 뭘 더 바라랴만

송수원초옥松睡園草屋
/
91

부모님께 내 손으로 내 손으로 내 손으로
빠닥빠닥한 새 돈으로 바꿔서
용돈 한 번 푹 집어드리지 못 한 것이
못한 것이 못한 것이
천추의 한으로 남았다

해가 바뀌자마자 초봄부터 이별이라니,
매화가 다 지고 송수원엔 소나무가 졸고 있는데
바람이 제집인 양 제멋대로 들락거린다

수평선

동해안 장사 바다
이번엔 혼자다
수평선, 잡을 수 없는 선
나의 애마도 번호판을 문 채
바다를 바라보고 있다

슬픈 이 그림

오늘도 하루해가 다 가는구나
이 퇴근열차도 막차인가
차창을 내다보니 산들이 죽 미끄러져간다
소동파의 탄식에서 글자 두 자를 바꾸어 본다

哀吾生之須臾
羡青山之無窮

내 삶이 잠시임을 슬퍼하고
청산이 무궁함을 부러워한다

청산이 화답한다

내 삶이 잠시임을 슬퍼하고
하늘이 무궁함을 부러워한다.

하늘은 무궁한가?
하루살이(蜉蝣)야 청산을 알까 하늘을 알까
하루살이는 탄식한다

    내 삶이 잠시임을 슬퍼하고
    모기가 무궁함을 부러워한다

차창을 후 분다 김이 서린다
손가락으로 산을 그려 본다
서린 김이 이내 마르고 그림도 사라진다
우리가 있는 것은,
누가 형체 없는 허공에 대고 후 김을 불어 그림을 그린 게지
형체가 있어 슬픈 이 그림
존재자가 아니라 존재자의 모습인 이 그림
존재자는 어디 있나 플라톤은 알까

시우쇠

쓰윽 싸악, 쓰윽 싸악, 바람 문이 열리고 닫히는
풀무 소리를 들으며
시뻘겋게 이글거리는 불속으로 들락날락 끌려 다니다가
수없이 쇠망치에 얻어맞다가
물속에서 푸르죽죽하게 죽어가다가
낫이 되어도 호미가 되어도
찬칼이 되어도 간장막야(干將莫耶)가 되어도 시우쇠는,
어쩔 도리가 없다

약육강식弱肉强食

멸치가 고등어한테 먹힌다
고등어가 상어한테 먹힌다
상어가
고래가
사람이

여든

팔십 대 노인 셋이
이마를 맞대고
아프단다 쑤신단다
보건소에서 두 시간이나
줄을 섰단다

갑자기 생기가 돈다
황소 웃음을 웃는다
하늘을 쳐다보며
에로소설 '은교'
영화를 보러 가잔다

자식들은 모른다
인생칠십고래희人生七十古來稀는 알아도
여든, 여든은 모른다
"아부지, 식사 마이 하이소"

여든
/
98

여든에 죽어도
구들 동티에 죽었다 한다

중학 문전에도 못 가본 동생이 한평생 소같이 일만 하다가 칠십도
못 살고 세상을 떴다 "일을 너무 많이 해서 모진 병에 걸렸을까?"내
말에 좌중은 고개를 젓는다 "농사일이 여간 힘들어야지 나도 지게
지고 나무를 해봐서 알지만" 내 말이 채 끝나기도 전에 한 살
아래 사촌동생이 시뻘건 얼굴을 하고 내 말을 콱 받아치고 나선다
큰 소리로 "어──! 형님이 지게를 져? 나무를 다 해? 천만에 안
했어........." 초등학교를 나온 뒤 농사만 짓다가 늘그막에 노가다
판에서 꽤 이름을 날린 사촌동생, 노가다판이 어떤 곳인가? 그만하
면   세상사는 이치를 어지간히 터득하였을 건데,

열다섯 살 나를 두고 "옛날 같으면 호패를 찰 나이에 들꾀이 같은
놈!" 꾀가 없는 어리석은 놈이란 뜻으로 이 손자를 늘 들꾀이라고
야단을 치시던 할아버지가 며칠을 두고 마당 한폭판에서 날 보란
듯이 작은 지게 하나를 만들고 계셨다 아무리 생각해 봐도 크기로

봐서는 나의 지게가 아닌가 "청송이 산에 가서 청솔깝을 한 짐 해 와라." 이리하여 지게가 등때기에 익을 만큼은 지게질을 하긴 한 건데,

장관이 텔레비전에 얼굴을 내밀고는 언필칭 직을 걸고 한다는 말이, 연탄 값은 절대로 올리지 않겠다고 했다 나는 그 이튿날 돈을 꿔서라도 연탄을 더 많이 들여놓곤 했다 쌀 수입만은 대통령 직을 걸고 절대로 막겠다고 했다 그 입으로 약속을 지키지 못해 죄송합니다라고 했다 정치인들이란 여든에 죽어도 구들 동티에 죽었다 한다 "순 진짜 참기름 있습니다"라고 써 붙여 놓은 기름집이 여전히 눈에 띈다

영일만 바다

낙조
어화(漁火)
등댓불
파도 소리

쉿! 신음 소리
영일만,
해를 잉태한 만삭의 바다
그 진통
신산(辛酸)을 겪은 사람
그 고독

나의 태양은
어디쯤 떠오르고 있을까?

영일만 사람들

"보이소. 오이소. 아나고, 돈지 물 좋니더"
수더분한 아지매가 목이 쉬었다

아직은 해가 한 발은 실히 남았는데
담배 연기 자욱한 목롯집 구석에는
하급 노무자 같은 사나이들이
지친 어깨를 맞대고
술잔을 기울이고 있다
그 시끄러움 그 동력(動力),

하는 일이야 저들과 달랐지만
나 또한 젊은 시절
땀에 절은 옷을
오래도록 입지 않았던가

'서비스인 척하고
아나고나 돈지 한 접시를
저 술판에 내주라고 해야지'
마음속으로
지갑을 열어 본다

"너무 비싸이더"
"아따 그 양반, 돈 없으면
외상으로 디립시더"
생판 낯선 사람한테
외상을 긋게 하다니
아지매의
유별난 풍정이
분위기를 푸근하게 한다

영일만 인심은 이러하다
뱃사람의 기질을
폄훼하는 사람이 있다면
그는 아직 바다를
제대로 본 것이 아니다

영일만 사람들
/

백곡(百谷)을 모두 담고
청탁을 두루 삼키는 바다
투박한 사투리며 호탕한 웃음
일호 탁주에 건곤을 논하는
영일만 사나이,
옷 잘 입고 교양 있는
멋쟁이 여자, 여자, 여자
포항 물회와
맛이 똑같다

예천 사람

어디가 아픈교? 오십견이구만
주사 맞아도 안 되더구만
고향은 어딘교?
무식이 뚝뚝 듣는 소도둑놈 같은
옆 자리 노인이 자꾸 말을 건다
가만있자니 사람을 무시하는 것 같아
예천이라 했더니
예천에서 났는교? 한다 그렇다 했더니
송충이를 밟았는지 꿈적 놀라며
대뜸 한다는 말인즉슨
숭악태이! 예천 숭악태이!

내가 6년 간 예천에 살았구만
중국 사람이 중국집을 열었는데

개업식 날 사람들이 우 몰려가서
선물 받고 자장면 우동 배터지게 먹고
이튿날부턴 개미도 한 마리 얼씬거리지 않는기라
중국집 울면서 보따리 쌌다카이

이 애긴 수십 년부터 더러 들었던 건데
이 영감태기가 자기가 수년 전에 예천에 살 때
직접 겪었던 일인 것처럼 말을 꾸민다
잘 참지 못하는 내가 그날은 용케도 참았다
물리치료실을 나올 때 간호사가 웃었다
괜히 부끄러웠다

경상도니 전라도니
보수니 진보니
쪼개라 쪼개 갈기갈기

운동장 새벽 풍경

아침 여섯 시에 학교 운동장에 간다
십 대는 천연기념물
이삼십 대는 희귀종
사오십 대는 가물에 콩 나기
육칠십 대가 주종
투표하는 날도 아닌데
노인을 반기는 사람도 없는데
늙은이가 꾸역꾸역 나온다
그 가운데
팔십이 넘어 보이는 노인이 셋
구십이 돼 보이는 꼬부랑 할미가 하나

꼬부랑 할미가
꼬부랑 지팡이를 짚고

꼬부랑꼬부랑 운동장을 돌더니
어느 날부터 보이지 않는다,
아플까 이사 갔을까
팔십 대 키다리 노인 하나는
구형 8호 자전거를 어디서 구했는지
운동장을 빙빙 돌며
연방 킁킁 콧방귀를 뀌댔쌌터니
어느 날부터 보이지 않는다,
아플까 이사 갔을까
철봉대에 매달려 늘어져 봤댔자 땅딸보인
팔십 대 또 하나가 보이지 않는다,
아플까 이사 갔을까
옛날 건너 마을 정 면장처럼
청려장을 짚고 팔자걸음을 걷던
나머지 하나도 보이지 않는다,
아플까 이사 갔을까

이들은 모두 아침마다
십 년 전까지만 해도
도청 뒷산에서 만났던 사람들
그 중에 한 사람은 이십여 년 전에

운동장 새벽 풍경
/

팔공산 꼭대기에서 만났었지
이들이 한 백 년 전에는 어디 있었나?
부모가 생기기 전에는
하늘땅이 나뉘기 전에는
어디 있었냐?

운동장 새벽 풍경
/

5

/

지퍼가 고장 난 가방

잔참盞站

술은 본디
잔참(盞站)에 앉아서
참참(站站)이 쉬어 가는 법
남들이
마시고 떠들고 흥청거릴 때
나 또한 휩쓸려
술이 줄어드는 줄도 몰랐다

아, 내 잔은 텅 비었노라
참참이 쉬어 갈 술이 없다
빈 잔엔 달빛만 가득하다

잠 못 드는 밤

오줌을 누고 나면
눈만 말똥말똥 옛날 생각만 난다

세월은 전보다 더 빠른 것 같은데
밤은 더 길고
귀는 전만 못한데
귀뚜라미 소리는 더 크다
가을이 깊어지면 죽을 텐데
저 미물도 무슨 회한이 저리도 많은가

세상에 나와 보지도 못하고
자궁 속에서 살해당한 생명
그 영가(靈駕)들,

귀뚜라미야 참 미안하다
다음 생엔 좋은 아빠 만나거래이

재회再會

온다 간다 말없이
식칼로 무를 삭둑 자르더니
12년 만에
그녀가 전화를 했다
나는 수화기를 들고
벌벌 떨면서
아, 하느님 감사합니다
만나게 해 달라고
빌기는 팔공산 돌부처한테 빌어 놓고
하느님을 찾다니

나의 첫마디는 다짜고짜
보 보고 싶었다
그녀의 첫마디는

에둘러 걷더니
꽈배기처럼 꼬이더니
보험 들어 달라

정치

자기의 주장이 거부되면
자기 자신이 거부된 것처럼
불쾌해 한다
이걸 토론이라 한다 천만에,
폭력이다

비판을 위한 비판
반대를 위한 반대
이걸 민주라 한다 천만에,
횡포다

폭력과 횡포가 만나는 곳
그걸 국회라 한다 천만에,
난장판이다

굽으면 굽다고 탈잡고
곧으면 곧다고 탈잡고
그걸 정의라 한다 천만에,
권모술수다

이런 것들을 통틀어
정치라 한다 천만에,
사기다 사기

그래서 정치인들은
여든 나도 방아 동티에 죽는다

죽음

죽음이란 그녀를 잊는 일이다

지퍼가 고장 난 가방

우리 동네 초등학교에 개교 이래 처음으로 여선생이 부임했다
사범학교를 갓 나온 스물한 살 처녀 선생, 온 동네 처녀들은 부모를
원망했고 총각들은 괜히 운동장을 어슬렁거렸다 나는 친구와 마주
보며 배구공을 던지고 있었는데 뒤통수가 따가워 희뜩 돌아보니
텅 빈 교실에서 반쯤 벽에 몸을 가리고 이쪽을 바라보고 있는
사람은 그 여선생이 아닌가 나는 공을 자꾸 헛던졌다 그녀는 건너
마을 정 면장 집에서 자취를 하더니 찌그러져가는, 우리집 옆집으로
옮겼다 법률 책에 시달리다가 뒷짐지고 뒤란을 서성거리노라면
더러 우리집 뒷집에 와서 아낙네들과 건네는 그녀의 목소리가
유독 크다 싶더니 가슴이 쿵덕, 어느 날 아침 출근길에 우리집
마당에 들어서서 내 어린 동생 이름을 나직이 부르던 처녀 선생,
그 시간쯤이면 모두 일하러 나가고 나 혼자 있는 줄 알았겠지
아침마다 왔다 저녁에도 왔다 자기 집은 극장을 운영하는 2층,
외삼촌은 도의 학무국장을 했단다 보다시피 우리집은 초가집 뒤란

이 좀 넓다는 것 외에 내세울 만한 외삼촌도 내겐 없다 서울운동장에서 자기 고을 대표선수로 100미터를 달렸다는 그녀 앞에 운동회 때만 되면 속이 상했던 얘기 같은 건 할 수 없어 벽에 써 붙여 놓은 논어의 한 구절만 바라보았지 "歲寒然後知松柏之後彫(凋)也" 겨울방학이 끝나고 내가 서울로 가기 전날 밤 그녀는 정인섭 작시 현제명 작곡 「산들 바람」을 애절하게 불렀다 "아 너도 가면 이 마음 어이해" "아 꽃이 지면 이 마음 어이해" 그녀를 따라 이 노래를 배웠고 화답으로 노래 대신에 '고대신문'에서 얻어들은 칼 붓세의 「산 너머 저쪽」을 나직이 낭송했다 "저 산 너머 먼 하늘 아래 행복이 산다기에 아 나 남과 더불어 찾아갔다가 눈물 흘리며 되돌아 왔네 행복은 더욱더 멀리 산다고 남들이 그러기에" 그날 밤 그녀는 지퍼가 고장 난 여행가방을 주었다 동대문시장에 가서 고쳐 쓰라고 했다 1959년 당시 나는 가방이라곤 작은 책가방 하나밖에 없었다 상경하자마자 편지를 띄웠지만 상당기간이 지나도록 회답이 없었다 나중에 안 일이지만 그녀는 내가 상경한 후 매일 출근할 때나 퇴근할 때나 우리 아버지한테 큰절을 올렸다 혼사문제로까지 되고 말았는데 뭘 믿고 농부의 아들한테 내 딸을 줘 도청 직원이 훨씬 낫다면서 그녀의 부모는 나를 배척했고 아버지는 더는 절을 받아보지 못했다 그런 줄도 모르는 나는 편지 답장이 없는 것에만 꽁해져서 자취방 머리맡에 신주처럼 모셔 놓았던 그 가방이 미워졌다 지퍼가 고장 난 가방은 삼팔선으로 갈라진

지퍼가 고장 난 가방

/

국토였고 이별이었고 순결을 잃은 여자의 하체였다 가방을 그녀의
고향집으로 부쳤다 뭉치를 뜯는 순간 그것은 폭탄이었으리 폭탄은
그녀를 불타게 했다 그녀가 서울로 득달같이 올라왔다 비좁은
자취방에 드러누워 식음을 전폐하고 배가 아프다고만 했다 회충약
을 먹여도 소용없었고 의사를 불러왔지만 꼭 집어 말을 못했다
난생 처음 젊은 여자의 맨살 젖가슴에 얼굴을 묻었지만 끝내 나는,
지퍼가 고장 난 그 가방의 불길한 상징을 떨쳐버릴 수가 없었다
꼭 오십육 년이 흘러간 지금에 와서 여든두 살 늙은이가 자기
자신한테 전화를 걸어 컬러링으로 「산들 바람」을 듣곤 한다

진눈깨비

그 옛날 우리 할배 얘기는 이러했다
옛날에 한 선비가 세상을 불평하다가
어느 날 자고나니 호랑이가 되었다
할 수 없이 산속 깊이 들어갔다
산길을 걸어가는 친구를 멀리서 보고
내가 호랑이가 아니라 아무개라고
어흥! 말을 해보았으나
친구는 놀라 달아났다

그대는 허공에 대고 불평을 했던가
충막무짐(沖漠無朕)한 가운데
문득 하얀 눈이 되었다
할 수 없이 허공을 떠나왔다
어디로 가는지도 모르는 낙하

부딪치며 뒤엉키며
나부끼며 나풀거리며
혼돈 속에서
천방지축 내려왔다
그대는 눈이 아니라 아무개라고
몸짓으로 말이라도 하는가
자네의 말을 듣는 이 없네

고독 고독 고독…
고독은 수행일러라

탐욕도 내려놓는가
미움도 내려놓는가
어리석음도 내려놓는가
무심히 내려앉는
진눈깨비의 착지(着地),
하얀 형체를 벗어 버린다

짝사랑

꿈에서라도
한 번
나는 당신으로
당신은 나로
바꾸어
태어났으면 좋겠어요

찔레꽃

동네에서 멀리 떨어진 높은 산골짜기에 오막살이 한 채가 있었다.
법대에 다니는 아들을 위해 그의 아버지가 지어준 집이었다 학생이
육법전서를 들고 그 산방을 오르내리는 길목에 작은 빨래터가
있었는데 애리애리한 어린 처녀가 더러는 그 어머니와 같이 빨래를
하고 있었다 소매를 걷어 올린 그녀의 팔뚝은 희고 흐벅졌다 짙은
색옷을 입고 저고리는 동정도 달지 않았지만 여름엔 치맛단을
올려 징그고 겨울엔 치맛단을 내려 징겄지만 그 꾀죄죄한 옷차림이
그녀의 아름다움을 가리긴커녕 오히려 더 두드러지게 했다 풀어헤
친 삼단 같은 머리는 눈부시게 검붉었는데 그런 모습을 대할 때면
그 학생은 가슴이 설렜다
5월 어느 날이었다 학생이 해거름 때 산방에서 내려오다가 빨래터
에서 그녀를 만났다 빨래터 언덕에는 붉은 찔레꽃이 무리지어
피고 있었다 그녀는 쪼그리고 앉아 찔레꽃을 하염없이 바라보고
있었다 그날따라 그녀 혼자였고 빨랫감은 어디에도 보이지 않았다

"빨래는?"이라는 학생의 말에 그녀는 대답은 않고 배시시 웃더니 찔레꽃 한 송이를 땄다 학생에게 주려고 징검다리를 건너다가 물때 오른 돌에 미끄러지는 바람에 엎어지며 학생의 품에 안기고 말았다 바들바들 떠는 그녀의 뜨거운 체온을 느끼며 어쩌자고 한참 동안 그는 풀어헤친 그녀의 머리카락에 코를 박고 있었다 그는 스물세 살 그녀는 열여덟 살 "난 몰라!" 떨리는 그녀의 목소리가 거친 숨소리에 섞였다 눈에는 하나 가득 눈물이 고였다 찔레꽃은 물에 떠내려가고 말았다

놀음판에서 땅과 집을 몽땅 날려버린 그녀의 아버지는 술병으로 배가 불러 죽었다 어머니는 어린 딸을 데리고 어느 주막집에서 곁방살이를 하면서 그 집 부엌일을 거들기도 하고 남의 집 빨래며 방아질이며 들일 같은 허드렛일을 닥치는 대로 해서 근근이 호구를 이어가던 처지였는데 하늘도 무심하지 달랑 열여덟 살 딸 하나만 남겨두고 장티푸스로 세상을 떴다 그 충격인지 그녀는 말문이 막혀버렸고 실성했다는 소문이 원근에 파다해졌다 빨래터가 아니면 이들 모녀는 붉은 머리털이 남의 입길에 오르내리는 것이 싫어서 늘 수건을 썼는데 방정맞은 아낙들은 모녀의 불행을 붉은 머리털 탓이라고 입방아를 찧어댔다 조무래기들이 그녀를 졸졸 따라다니며 "벙어리야! 벙어리야!"하고 놀려대는 바람에 그녀는 문밖출입도 편히 할 수가 없었다

그때는 아직 보릿고개를 넘지 못한 시절이었다 음력 사오월쯤

되면 여투어 둔 양식은 바닥이 나고 나물을 하도 먹어서 뒷간에 냄새가 나지 않는 집이 동네마다 한두 집이 아니었다 그녀 또한 누렇게 부황증이 난 얼굴로 나물을 뜯겠다 싶었는데 얼마 후 동네에서 보이지 않게 되었다 읍내에서 식모살이를 한다느니 술집에 팔려갔다느니 하는 동네 사람들의 이야기가 똑 그 학생 들으라고 하는 소리 같아 그는 퍽 괴로웠다 더 견디기 힘들었던 것은 술집에서 불량패들이 그녀를 강제로 속옷까지 벗겨놓고 글쎄 그녀의 거웃을 담뱃불로 태워버렸다는 기막힌 소문을 들었을 때였다 그는 피가 들끓었다 하지만 그는 놈들을 응징하려 한다든가 그녀를 구하려 찾아 나선다든가 하지는 않았다 그저 뒤 마려운 강아지처럼 끙끙 앓으며 속을 태우기만 했다 나중에 대구의 자갈마당 사창가에서 누가 그녀를 봤다는 풍문을 듣고는 눈앞이 캄캄했다 그녀가 실성하지 않았다면 굶어죽을지언정 절대로 웃음을 팔 여자가 아니란 걸 그가 잘 알기에 그녀의 추락이 그의 가슴을 더욱 찢어지게 했다 그는 한동안 맥을 놓고 밥을 먹지 못했다 하지만 그때도 그녀를 구하러 나서지 않았다 그가 그럴 용기라도 있는 위인이었다면 비록 학생의 몸이었다 할지라도 진작 그녀가 혼자 남게 되었을 때 그녀를 방치하지는 않았을 터이다

그는 눈앞에 어른거리는 불쌍한 그녀의 곡두를 좇아 비틀거리길 몇 해였던가 그가 스물아홉 살이 되었을 때 불현듯이 속세를 떠나 승려가 되려고 마음먹었다 이름 있는 절을 찾아 여기저기 다녀 보았지만 끝내 그럴 용단도 그에겐 없었다 그 후 직장 따라 대구에

살면서부터는 가끔가다가 자갈마당 홍등가 골목을 술기운이 불콰해진 얼굴에 색안경을 쓰고 왔다갔다하기도 했었는데 차차 나이가 드니 그것도 할 짓이 못 되었다 사람들은 그의 양미간에 깊은 우수의 그림자가 드리워져 있다고 했다 그런 말을 들을 때면 그는 이마에 자자(刺字)된 죄인 같아서 속이 저렸다

고양이가 야옹거리는 바람에 잠을 깼다 김말봉의 소설책 『찔레꽃』이 돌무더기 위에서 낮잠이 늘어졌다 그 곁에는 하얀 찔레꽃이 한 잎 두 잎 지고 있다 하얀 찔레꽃은 붉은 찔레꽃의 변종인지도 모른다 붉게 타는 마음이 오랜 세월에 바래서 하얗게 되었을까

초겨울 날

하늬바람을 타고 낙엽이 날고
담 밑에는 고양이가 볕바라기한다
홍시 따는 장대는 조금 짧고
감나무 가지에 시래기 타래가 길다

6

/

한계령寒溪嶺

투표를 기권한 이유

문학상패가 몇 개 있다
눈에 띄게 둔 것은
김동리 선생한테서 받은 것 딱 하나뿐

팔손이 이파리 위의 말씀

플라타너스 낙엽이 바람에 휘날리던 어느 가을날 당신을 해후했던
그날이 지금도 눈감으면 아련히 떠오른답니다
그때가 여고를 막 나왔을 때였는데 세월이 흘러 스무 해가 훨씬
넘었군요
하루는 당신이 이반 투르게니에프의 『첫사랑』이란 책을 읽으시
는 걸 보고 그 책을 빌려 볼까 하다가 사서 읽었더니 그걸 아신
다음부터는 저를 늘 '천하절색 문학소녀!'라고 하셨어요 그 말씀이
저를 괴롭혔어요
갈 길이 서로 다르다는 것이 가슴 아프기도 했고요
"꽃이 사랑스럽다고 물을 너무 주니 죽으려 하는구나! 꽃나무
하나를 은혜하기가 이다지도 어렵단 말인가!"라는
작은 종이쪽지 하나를 꼬깃꼬깃 접어서 '팔손이 화분' 이파리 위에
얹어 놓으셨던 걸 보면 당신은 저의 속내를 훤히 알고 계셨겠지요
그 쪽지를 제가 못 본 줄 아시나요?

당신의 그 탄식을 제가 왜 몰랐겠습니까?

그 옛날 팔손이 이파리 위에 놓여 있던 작은 종이쪽지의 말, 그

촌철살인의 메타포야말로 그 탄식이야말로

당신의 글이에요 당신의 사랑이에요

무정한 세월이군요

당신은 참 많이도 늙었고 저 또한 그리 되어 가겠지요

당신이 입버릇처럼 늘 염원하시던 다음 생이란 게 정말 있을까요?

아, 오늘따라 그것을 왜

이리도 당신께 묻고 싶을까?

팔손이 이파리 위의 말씀

/

135

하늘

화가더러
하늘을 그려 달랬더니
흰 바탕에 달랑
빨간 감 하나가
가녀린 가지에 달려 있다
하늘은 어디 있소
감 밖에 있지 않소

하늘이 하는 말

"이 병은 죄 많은 사람이 걸리는 구먼….""아따 그런 소리 마이소 스무남은 먹은 애가 먼 죄가 있겠는교?" 손자인 듯한 학생을 데리고 온 할머니가 눈을 흘긴다 "나는 10년이 넘었구먼" "10년은 새 발에 피구먼 내사 30년이 다 됐소" "왜 그냥 됐능교?" "그냥 됐겠능교 아따 말 마래이 수술하다가 죽을 뻔 했대이" "수술해도 도지지요?" "도지는 건 고사하고 수술하다가 고만 사타구니의 불알을 건드리는 바람에 아따 똑 죽을 기 살았구만" 폭소가 터진다 젊은 여자들은 고개를 돌리고 쿡쿡 "이 병보다 더 망할 병은 없대이 젠장마즐거 똥구멍을 신주 위하듯 해야 하니 상수도보다 하수도가 중하단께" "이 병은요 지 부모 때리죽인 죄나 나라 팔아먹은 죄가 있어야 걸리는구먼……아이고!" 환부가 몹시 아픈지 아이고!하고 입을 딱 벌리더니 말을 잇지 못한다 "뭐니뭐니 해도 건강이 제일인기라 넘 해꾸지 말고 양심껏 사는기라" 누군가 이렇게 결론을 내린다 누굴까? 하늘이 착 가라앉아 있다

한계령寒溪嶺

차가운 물에 손을 담그려거든
자기를 따르라고 안내양이
내게만 나직이 말한다
들은 척도 안 한 내 마음,
옥녀탕 휴게소 너는 알리라

한계령 산마루 휴게소
산봉우리 기암괴석 새소리 바람소리
떠도는 구름 모두가 절경이건만
설악산은 단풍 들 때가 가장 좋다며
그때 다시 오자고 내게만 은밀하게 속삭이는 안내양,
3박 4일 단체여행을 이제 겨우 1박을 했을 뿐인데
지레 이별을 근심하는 코 멘 목소리를
나는 또 한 번 들은 척도 안 한다

안내양은 갈 길이 바쁘다며 어서 일어서잔다
일행은 어디 개가 짓노 사진만 찌어댄다
산도 바위도 새들도 모두가 남건만
아쉬움을 두고 마음을 두고 나는 간다
돈도 명예도 그리움도 사랑도 모두룰
미완성인 채 남겨두고 저 홀로
떠나야 하는 연습을 한다
나 또한 내 곁의 어린 여자와
사진을 찍지만 그녀의 마음은 안내양에 대한
내 마음과 같으리

한계령을 내려오니 또 무슨
약수터라면서 차를 세운다
꼼작도 하기 싫어 나 혼자
차에 남겠다 했더니 그녀는
그 큰 눈이 더 커지며 그 작은 목소리가
더 작아지며 "같이 가요"라고
맘에도 없는 소릴 한다

약수를 받아 온 그녀가

한계령寒溪嶺
/

물을 따라 주며 내 얼굴을 스쳐보더니
쭈볏쭈볏 손수건을 내민다
맘에도 없는 짓이란 걸
내가 모를 리 없단 걸 모를 리 없으면서

안내양은 갑자기 새치름해진다
내가 주는 팁을 뿌리치며 고개를 돌린다
야윈 듯한 그녀 어깨가 조금 들먹인다

서로 더 가까워지지도 더 멀어지지도 않는
한계령 봉우리와 봉우리
사랑도 미움도 다
넘어선 걸까 그 시원일까

해당화

풍진을 피해
땅 끝까지 오고 보니
소어(小魚)가 중어(中魚)한테 먹히고
중어가 대어(大魚)한테 먹히는
곳이 오히려 여기로구나
이왕에 왔으니
한평생 모래밭에 살더라도
향기는 팔지 않으리

홍시紅枾

까치 소리 요란한 아침

삭풍이 불어서

홍시가 떨어진다 고양이가 펄쩍 뛴다

횡보橫步

나아갈 줄만 알고 물러날 줄은 모른다
얻을 것만 알고 잃을 것은 모른다
앞만 보고 달린다
천방지축 허둥댄다
종당에는 배가 불러 죽는다
개울이 죽고
시내가 죽고
강이 죽는다

나아갈 줄도 알고 물러날 줄도 안다
얻을 것도 알고 잃을 것도 안다
앞만 보고 달리지도 않는다
천방지축 허둥대지도 않는다

청탁을 묻지 않고
백곡(百谷)을 마다 않고
분별 대립 갈등 집착을 놓아 버리고
다만 일미(一味)다

사방으로 출렁일 뿐
사방으로 비틀거릴 뿐
사방으로 모걸음을 칠 뿐
사방으로 게걸음사위의 탈춤을 출 뿐
어느 한쪽으로 흐르지 않는다

괴로움도 슬픔도 원망도 노여움도 안에서 맴돌아 돌고 돌 뿐
밖으로 드러내지 않는다
밖으로 흐르지 않는다
그 마음을 헤아려 보기엔 그릇이 너무 크고
그 속을 뒤집어 보기엔 담긴 것이 너무 많다
크고 많아도 배가 더 불룩해지지 않는다
죽지 않는다

흄씨의 죄업

내 형이 다섯 살에 천자문을 횡하니 외웠다
신동이 났다고 원근이 떠들썩했다
그 형이
똥싸는 병으로 석 달을 삐치다가 죽었다

형인지 누난지
세상에 나와 보지도 못하고 죽었다

이번에 씨를 못 낳으면
머리 깎고 남산절 중이 되라고
열 달 동안 내내 눈을 부라리고
윽박지르던 증조모님

층층시하에

육척 장신 미남인 남편은 핑하니
주막으로 나돌아 다니고
배가 불룩한 스물세 살 새댁은
나흘 만에 베 한필을 짜며
열 달 동안 문살을 세며
뜬눈으로 지새웠던 엄마

갑술년 섣달 스무날 자시에
아기는 시렁에 올라갔고
산실에서 홉씨가 치러졌고
아기 이름은 '홉씨'며 '실겅'이가 되었다

여동생이 태어났다
내가 동생을 밀치고 엄마 젖을
빼앗아 독차지하려 했다
홉씨한테 젖을 안 빨리고 뭐하느냐고
증조모님이 호통을 쳤다

어린 엄마는
증조모가 너무 무서워
시키는 대로 했다
엄마는 아기를 굶겨 죽였고

홉씨의 죄업
/

나는 엄마를 죽였다

아우 셋은
대학 문전에도 못 갔다

형의 재주에 절반도 못 미치고
아우보다 별로 뛰어나지도 못하면서
동생의 말마따나
동생의 말마따나
먼저 태어났다는
그 이유 하나만으로
그 이유 하나만으로
음력 사오월이면
통시엔 냄새가 안 나고
얼굴은 누렇게 부황증이 나던 그 시절에
땅 팔고 소 팔아 나 혼자
대학했다

형제 가운데 내가
제일 돈이 없다
남산절 중놈이 씨부렁거리길
업보라 했다

홉씨의 죄업
/

박 주 병

경북 예천 출생 / 아호 小石

예천농고 졸업, 고교 재학 중 제10회 보통고시 합격

    고려대학교 법과대학 법학과 졸업 법학사

    영남대학교 대학원 문학석사 학위 철학박사 학위 취득

1급 국가공무원 역임

영남대학교 대학원 철학과, 동 환경보건대학원, 동 평생교육원,

    대구가톨릭대학교 철학과, 동 평생교육원, 대구대학교 사회교육원,

    대구생활문화아카데미(구 성천아카데미), 사단법인 담수회 등에서 철학 강의

대구한의대학교 사회교육원 객원교수(전) 대구향교 명륜대학 교수(전)

계간 『隨筆公苑』 천료 『月刊文學』 신인상 수필 당선

    월간 『문학세계』 신인문학상 詩 당선

    한국문인협회 주최, 문화공보부 문예진흥원 서울특별시 예총 후원,

    「한강축제 문학작품공모」 수필부문(최우수작 1, 우수작 2, 가작 5)

    최우수작 당선. 수상작 「한강은 알고 있다」

    세계문인협회 주최 제9회 「세계문학상」 수필부문 대상 수상 수상작 「매화부」

    한국출판문화산업진흥원 시행 〈2014 세종도서 문학나눔〉에 『퇴계의 여자』 당선

    매일신문사 주최 제1회 시니어문학상 시 부문 가작 당선 수상작 「송수원초옥」

한국주역학회회원 한국문인협회 시분과 회원 국제펜클럽 한국본부 회원(전)

학술서 『周易反正』 『周易解釋의 네 가지 原理』 『陰陽五行命理學』

    『누가 운명을 부인하는가』

논 문 「丁茶山 易學에 있어서 易理四法에 대한 硏究」

    「周易의 卦에 대한 硏究」 등

수필집 『까치밥』 『매화』 『겁탈』 『다산의 여자』 『퇴계의 여자』

    『바람이 많이 불던 날』(선집) 『하늘』(선집)

시 집 『한계령』

한계령

초판 인쇄　2015년 10월 10일
초판 발행　2015년 10월 20일

지 은 이| 박주병
펴 낸 이| 하운근
펴 낸 곳| 學古房

주　　소| 경기도 고양시 덕양구 통일로 140 삼송테크노밸리 A동 B224
전　　화| (02)353-9908　편집부(02)356-9903
팩　　스| (02)6959-8234
홈페이지| http://hakgobang.co.kr/
전자우편| hakgobang@naver.com,　hakgobang@chol.com
등록번호| 제311-1994-000001호

ISBN　978-89-6071-555-4　03810

값 : 9,000원